こうのとりの巣は巡る

川田絢音
Ayane Kawata

アーツアンドクラフツ

こうのとりの巣は巡る

目次

サルデーニャ――

仲間

魚屋の棚で
死にさわられたちぬが
顔のあるままに微光を放って並び
まだ間にあうとわたしは隣り村へ歩いて
それならできる
葦は裂けて揺れ
拾ったばかりの波形の緑の石も
なにひとつ知らされていない

すがりあってこの道を行く

身の上

公衆便所に
島の地図が貼ってあり
岬への道をたずねて
声をとり戻し
行き止まりの僧院で
問われるままに夜番の人に話してしまった
にがい糧に養われて
重ね刻まれ染みているもの

洩れでた声は脱け殻
痛みで鳴く小鳥もいない

清掃

鏡は人の姿を抜けて
遠近もない
床は網にもかからない
廊下を通りがかって
清掃する男の眼に結ばれるものを見てしまった
大暴れのかわりか
犯した誤ちを一掃しようとするのか
忘れてくれるようにと

玉の汗を腕ではらった

海辺の百合

案山子《かかし》のあたまは休んでいる
背の低いあやめ
潮の味を知る鳩

砂もがまんできなくなって
砂音の絶えないとき
海辺の百合は自身の奥へ身をよじっていく

病院の下り坂に葬儀社が並び
食堂が甘い客を待つ

夜の泉につめたい水が湧いて
二歳のひとがすこやかに育ち
島でないわたしは
追いつくことができない

パン

河床で芽を吹いて
ふくらみと稜《かど》を立てて現れる

無くてもみずからを表すので
空っぽの小皿から
顔が離せない

ひかりが射してきて月の昇るように

形にならないうちに信じられていたものがある

リトゥアニア他——

手帖

矢はすでに手帖から放たれ
刺繡をほどこされた表紙の布が
なにか隠されていないかと切り裂かれている
係りの婦人の蠟人形の威圧を浴びて
カウナス第九要塞の
ガラス・ケースの前に立ちすくむ

そして

テントの屋台が並び
港祭りの人出に部屋がなく
車で連れていかれると
鉄骨が組まれ
束ねた電線が地面で低くうなっている

服もぬがずに作業棟に眠り
ガソリンスタンドまで歩いてパンを買った

そして
緑に濡れる楡が
影から生まれて立っているのを知る
どうしのいできたのか
眼の裏の透視力のようだ

ピアニスト

破れた空き家がそのままに
背景が淋しいので
人の眼がうるおい
道を訊ねると会場まで一緒に歩いてくれた

ピアノは助けにならない
そんなことをしてピアニストは
生かしてくれるものに殺されそうに

いっそう悪くなっていく

非常のとき
傷ついた小鳥のあとをついて行こう
泥を沈めつづける沼の底に眠り継げるかもしれない

洩れるもの

土で盛られた霊安室の
換気筒が回っている
その死者に一途はなかったのだろう
弱さはあったので
魂は無事に里に散り
譲れなかったものが
いま嫉妬のように洩れていて
向こうの草叢で気球を膨ませ空中へ出た人が

戻るのも又そこだと
うわの空で眺めているわたしの喉を圧す

数秒

宿の
掃除のひとが仕草で
あげるものが　と袋からとり出し
夜は林檎に看とってもらう
林檎の木のあるそのひとの家の小窓に
こみいったレースが垂れているだろう

栗しか欲しくない冬の

栗に宿るもの

夢を通じてテントの旅に誘われれば
火はけむり
霊のキャンプ

そこも出て
虫になるのか
知らない方へ数秒あるいて行く

ユクスキュル先生

家々の屋根は低く
窓は抑圧されて
密な白樺林がつづく
鉄道が敷かれ
敷かれた線路はよぎるべし

揺れるバスに
帽子とステッキを横に

膝においた掌を組みかえては
問い直し

ユクスキュル先生が
生物としての人に見えるもの　見えないものについて
思いめぐらせていらっしゃる

激昂

霧の日
荒い息づかいで
吐きだしさらし
激昂《げっこう》の訴えの
声は自己を肯定しようとする
アフリカのひとと
掌をあげて挨拶を交わす
けさ　わたしも一行を書き直して目覚めた

あの鉄橋

身分証明書を持っていない
道に寝て
とスロヴァキアから来たという人が話しかけ

軍隊で
と口籠る身振りのそとに
あの鉄橋がよみがえる

ハンガリアから
スロヴァキアのコマルノへ
歩いて越境できる橋

理にもとづいて
朝の雲が幼く泳ぎ
傷を負った雲も沈みそうに往き来していた

カフェ

川は粗暴になり
病んだユーカリの林
ワクチン接種に従わない者は
バスに列車にカフェに入れない

しのびこむと
玉を突く音
玉突き台は倒れず

微塵になった笑いをこぼす男
数もなくパンが並び
床の埃はなにひとつ問題にしない

妹をまもれない
さきぶれに胸はつぶれて
紙の中でたたかうこともできない

母語

駅で夜の明けるのを待っていると
線路の吸い殻をひっそり拾いあつめる人がいて
巻き直して売るのだろう

駱駝が二頭、降ってわいたように湿原に現れ、いつのまにか
消えた。

正面からきりっと話すこと。家を出て行けと言われたとき、

ひとところに集められ銃殺されると思った。
『ゴンギツネはなきました』、逆様の絵本を読みながら、あなたはチチハルの並木道を歩いていました。

母のノートに母語を授けられている
母語で思うばかり
考えにたどり着けず
胚種のまま心は絶えるのか

こうのとりの巣は巡る

近づくにつれ
寄りつけないあの巣この巣
こうのとりは
大胆な翼を汚れた灰色にたたんで
炸裂するものもない
どきりとする事実になぜか心満たされずにいると
なにか連絡するのか
突き放されたわが身の回りを

こうのとりの巣は巡る

木ぎれ　骨

立っていた時は
わずかな水も枝に映して
かりそめなものは何ひとつなかった

根こそぎにされ
逃げきってひび割れくだけ
打ちあげられて
木ぎれ骨とも悟られず

移りゆくことができない

変化できなければ
なにか力が働かなければならないが
わたしはそれを和らげられず
わたしたちは雲の視界にもはいらない

妹が

ひとしお穏やかな息がつたわって
喉がふるえる
妹が危ない

白い闇にはぐくまれて
命綱を結び
脇道も罠も行きどまりではない

仄かに見えてくるのは
地の奥に深ぶかとたたえられた水
鍾乳石の
滴の生育を遂げなければならないかもしれない

砂山

愛に渇き
口は渇き
樹間をさまよって
枯れた幹の立ち並ぶ鵜のコロニーを出ると
砂山が
ためらいも琥珀《こはく》も流し去って沈み鳴っている
重なるようにうながされ　身じろぎをやめ
どこへの岸辺

砂山の吐息の中で

大鴉

人の赤ん坊くらいはくわえて行っただろう
大鴉の剝製がある
みずうみも凍る冬
人は粗い網で鴉狩りをしていたが
今どうすればいいのだろう
大鴉
ひとまたぎの奇蹟を行ってくれないか

川田絢音（かわた・あやね）
1940年、中国チチハルに生まれる。59年、神戸高等学校卒業。62年、武蔵野音楽大学中退。69年、イタリアに行き、現在に至る。2015年、詩集『雁の世』（思潮社）で第23回萩原朔太郎賞受賞。

こうのとりの巣《す》は巡《めぐ》る
2023年1月31日　第1版第1刷発行

著　者◆川田絢音《かわたあやね》
発行人◆小島　雄
発行所◆有限会社アーツアンドクラフツ
東京都千代田区神田神保町2-7-17
〒101-0051
TEL. 03-6272-5207　FAX. 03-6272-5208
http://www.webarts.co.jp/
印刷　シナノ書籍印刷株式会社

落丁・乱丁本はお取り替えいたします。
ISBN978-4-908028-81-6　C0092